머물 듯 머물지 않는 시간

연선화 제1 시집

문예출판

인사말

팔당 쪽은 항상 차량이 많이 밀린다 거의 멈추다시피 하는 차 안에서 잠시 차창 밖 풍경을 마주하면 눈부신 노을에 마음이 붉게 젖어 든다. 순간 가슴속 저 밑바닥에서 뭔가 잊고 있었던 일이 툭 하고 튀어나왔다 한때는 시를 쓰면 뭔가 채워지는 듯한 기분이 들었는데 어느 순간부터 시를 쓴다는 것에 대한 두려움이 앞섰다. 차라리 신인일 때보다 한해 한해 거듭될수록 그 깊이와 자연과 사람과 조화로움을 잘 버무려야 한다는 생각이 오히려 발목을 잡았다. 그러던 중 평소에 좋아하던 성영희 시인님의 세 번째 시집 '물의 끝에 매달린 시간' 을 접하게 되었다. '물의 끝' 을 읽으면서 설레는 마음과 시에 대한 그리움이 꿈틀거렸다. 이제 한동안 묻어두었던 시어를 세상 밖으로 꺼내어 주고 싶다는 생각이 들었다 글은 세상 밖으로 나가는 순간 작가의 글이 아닌 독자의 글이라는 어느 작가의 말이 생각난다. 맞다 글을 읽고 있는 독자가 오롯이 느낄 그 감정과 해석을 통한 이해가 글을 살아있게 만든다고 생각한다. 사람들은 각자의 살아온 환경에서 비롯되는 감정과 감성을 바탕으로 서로 다른 이해를 할 것이다.

누구나 편안하게 이해하고 쉽게 읽힐 수 있는 시를 쓸 수 있도록 사색의 눈으로 세상을 바라보며 시를 노래하고 싶다 각박한 세상 마음에 위안이 되는 시를 쓴다는 것은 우리 작가들의 역할이라고 생각한다. 사람들과 공감할 수 있는 열린 마음으로 시의 여정을 함께 하고 싶습니다. 감사합니다.

첫 시집을 출판하며 항상 시인으로서의 지지와 응원, 시에 대해 고찰할 수 있도록 독려해 주신 詩歌흐르는서울 김기진 대표님께 진심으로 감사드립니다.

서문-정을 뿌리로 한 사랑의 노래-

연선화 시인이 시집을 상재한다니 참으로 반갑다. 연선화 시인은 서정문학 시부문에서 신인상을 받은 이래 한국종합예술대회 시낭송부문에서 대상을 받았다. 이어서 시詩「강둑을 거닐며」로 서울詩지하철 공모에 선정되기도 했고, 저서 『머물 듯 머물지 않는 시간』도 출간했으니. 연 시인의 시력은 탄탄하다. 또 현재 사회복지사, 장애인 활동 지원사로도 활동하고 있으니 그러한 토대 위에 세워지는 『사는 게 추억이다』라는 그만큼 사랑과 정의 노래로서 울림이 고운 색깔의 내용을 품고 있다.

「사는 게 추억이다」는 // 추억이라는 게 별것이 있나요 / 사는 게 추억이지 / 길 위엔 사람이 있고 / 사람 사이엔 추억이 있다 / 우리는 추억을 만들기 위해 / 그 길을 걷는다 // 라고 했다. 사는 것은 길을 가는 것이라고 한다. 그 길을 가면서 겪게 되는 인간관계가 모두 추억이니, 우리는 추억을 만들기 위해 사는 것인지도 모른다. 추억이란 '지나간 일을 돌이켜 생각하는 것' 이라고 함은 서정적인 뜻풀이다. 같은 뜻으로 추상, 회상, 회고라는 말과 함께 지나간 일을 돌이켜 보며 그립고 아쉬워하는 정을 말한다. 시는 그러한 사랑의 노래이고 그러한 사랑은 일상의 삶과 사회를 아름답고 행복하게 하는 윤활유이다. '사람 사이에 추억이 있고 추억을 만들기 위해 길을 걷는다' 면 우리가 쓰는 시는 생활의 윤활유인 동시에 아름다운 사랑의 추억이며 그 추억은 곧 정인 것이다. 연선화 시인의 시는 그것을 충분히 느끼게 하고 있으니, 여러 작품 중에 서울시詩지하철 공모에 선정된 작품

「강둑을 거닐며」도 그렇다. // 벚나무 아래 /
꽃눈이 내린다 / 강으로 뛰어드는 저 꽃잎들 // 봄은
맨발로 사뿐거리고 / 강에도 하얗게 꽃이 핀다 //
바람에 뒤척이던 강 / 햇살에 여물어 / 은갈치처럼
파닥이고 / 저 눈부신 물비늘을 밟고 / 봄이 온다. //
라고 했다.

바람에 휘날리는 벚꽃을 맨발로 강에 뛰어드는 봄이라고 했다. 그래서 강은 은갈치처럼 파닥이며 눈부신 물비늘을 밟고 봄이 온다고 했다. 가슴이 저릴 만큼 참신하고 아름다운 풍광을 선명하게 그려낸 정의 세계다.

우리가 잘 아는 법구비유경의 "쌍요품"에는 사람 사이의 추억과 사랑을 생각하게 하는 이야기가 있다. 석가모니께서 길을 가다가 향을 쌌던 종이에서는 향내가 나고, 생선을 묶었던 새끼에서는 비린내가 나는 것을 제자들에게 보여 주며 말했다. 종이나 새끼는 원래 아무 냄새가 없었지만, 종이는 향을 쌌기 때문에 향내가 나고 새끼는 생선을 꿰었기 때문에 비린내가 나는 것과 같은 것이 삶의 이치라고 했다. '사는 게 추억'이란 것도 그런 맥락에서 우리 모두에게 많은 것을 생각하고 깊은 깨달음을 주고 있다.

좋은 시집 출간에 큰 박수를 보내며 많은 독자들에게 큰 기쁨이 될 것을 확신한다.

국제PEN한국본부, 한국문협, 고문 **김 종 상** 시인

차례 1부

머물 듯 머물지 않는 시간

차례 2부

살다가 오늘처럼 그리운 날이 또 오겠지

차례 3부

아꼬떼

차례 4부

아침을 여는 소리

차례 5부

숲 물에 어리다

차례 6부

순천만 갈대숲

제1부

머물 듯 머물지 않는 시간

머물 듯 머물지 않는 시간

사람이 머물다간 자리엔 그리움이 베어 있고
꽃잎이 떨어진 자리엔 향기가 그윽하다
떠나간 사람의 뒷모습을 바라보는 그림자는
목이 긴 사슴처럼 외롭고
떠나보낸 모든 것들은 외로움을 안고 산다

내가 선 그 자리가 누군가의 자리였듯
누군가의 자리가 나의 자리가 되어가는
머물 듯 머물지 않는 시간
걸어가는 그 길 위로 사람과 사람은 인연을 만들고
우리는 우리만의 시간을 만들어 가고 있었다
생의 이름으로 짧은 입맞춤을 하는 그 순간까지

구름 꽃이 피던 날

청명한 하늘에 구름 꽃이 피던 날
우리 집 우물 속에도 하얀 꽃이 피었습니다
어머니는 두레박을 던져
하늘의 꽃을 따다 줍니다

조그만 대야 속에도
구름 꽃은 피었습니다
두 손을 모아 하늘을 건져 올렸습니다
화들짝 놀란 꽃송이
너울너울 춤을 춥니다

햇살 가득 따사로운 우물가엔
천상의 구름 꽃이 만개하여
긴 하루 한나절 벗하며
바람에 등 밀려 유유자적
지상 위에 쉬어갑니다

강물의 심장을 찌르다

어둠이 내리고
가로등 불빛은 강물의 심장을 찌르듯
차가운 도시의 물속에 박힌다

은밀한 곳을 엿보는 낯선 그림자
불청객의 방문이 달갑지 않은
숨죽인 물고기들
등을 반짝이며
수초 속에 아른거리고

물오리 떼
파문을 일으키는 날갯짓에
고요한 정적이
어둠을 가로지른다

점령한 강물을 탐닉하는 도시의 밤
문명이라는 이름으로
강물의 심장을 파고든다

강둑을 거닐며

벚나무 아래
꽃눈이 내린다
강으로 뛰어드는 저 꽃잎들

봄은 맨발로 사뿐거리고
강에도 하얗게 꽃이 핀다

바람에 뒤척이던 강
햇살에 여물어
은갈치처럼 파닥이고

저 눈부신 물비늘을 밟고
봄이 온다

서슬 퍼런 세상아

다시 오지 않는 것이 인생이라 하던가
무엇을 향해 가고 있나
무언의 손짓
쪼여오는 올무에 숨통이 막혀
헐떡이는 도심 속 그림자
무녀의 아찔한 작두타기처럼
세상 속 작두날 그곳에 서 있다

서슬 퍼런 세상아
그 앞에 두려움 어찌 없으련만
신념의 작두날 위에
신명 나게 한판 놀아보자

눈물이 아니고 빗물이라고

쏟아지는 비를 핑계 삼아
펑펑 울고 싶은 날이 있습니다
왜 우냐고 묻지도 않을 겁니다
행여 묻는다 하여도
눈물이 아니고 빗물이라고

목구멍이 뜨겁도록 꿀꺽 삼키며
눈물을 참지 않아도 됩니다
흐르는 빗줄기에 눈물 떨구며
온몸으로 비를 맞던 날
흐느낌 마저 빗소리에 묻어버리고
아무도 모르게
아린 마음 흘려보냅니다

인생의 뒤안길

말 없는 세월 흔적으로 남겼다
질펀한 세상 아귀처럼 뒹굴며
살아온 세월의 훈장
깊게 파인 주름살이 말한다

둘러보니 잰걸음 모두가 바쁘다
느린 걸음 마지막 갈 곳을 알기에
서두르지 않나 보다
쓸쓸한 어깨너머 휑하니 부는 바람
뼛속까지 시리구나

쉬어가는 바람조차 어깨는 무겁다
못내 아쉬워 불사르는 석양처럼
마지막 열정을 붉게 토해내어도
서산의 해는 말없이 기운다

서러워 마라

뭐가 그리 슬퍼서
목 놓아 꺼이 꺼이 우느냐
세상살이 다 그러하지 않더냐
어찌 달콤함만 있으리오
모진 세상살이 쓰디쓴 맛을 알아야
범사에 감사하지 않겠느냐

숨 쉬고 머무는 동안
고통은 더 큰 환희를 안겨다 주는
동반자이니 너무 서러워 마라
목 놓아 꺼이꺼이 다 토해내거라
맑은 눈으로 세상을 보니
광명이 찾아오리니

바다는 알겠지

성을 쌓는다
파도에 밀려
허물어질 것을 알면서
모래성을 쌓는다
하얀 포말 속에 힘없이
무너진 모래성
흔적조차 없다
삼켜버린 성안의 진실
바다는 알겠지

외로운 달빛

까만 밤하늘 달빛도 외로워
홀로서기 힘든가 보오
살포시 내려와 넓디넓은 강물
뽀얀 속살 드리우고 유희하니 말이오

강물 따라 유유자적
세상 시름 덜어내고 여명이 오기 전
씻긴 낯빛 감추려
구름 속에 숨기는구나

빈 골목길

어제는
왁자지껄 골목길
아이들 웃음소리 신나는 발걸음
담장 안 엄마
담장 밖 아이 부르는 소리
떨이요 떨이 무조건 싸게 드려요
채소 장사 김 씨 아저씨
정겨운 목소리가 서산을 넘었는데

오늘은 없다
여기를 봐도
저기를 봐도
널브러진 담배꽁초
지난밤 취객의 흔적
좁은 골목길 깨금발로
요리조리 피해 간 낯선 발자국

골목 안 담벼락엔
작은 화가들의 미완성 작품만 남아
다시 돌아와 마저 채워 주기를 기다리는
달동네 재개발 현장 가는 빈 골목길
빛바랜 소리가 귓전에 아득하다

소금 꽃

손바닥만 한 그늘에라도 쉬어 가고 싶은 한낮 땡볕
농작물들이 오뉴월 개 부랄 늘어지듯 축 처져
마른 먼지 뽀얗게 뒤집어쓴 채 맥을 못 추고

가뭄 든 오이 전갈 꼬리처럼 반원을 그리며
유인 줄을 타고 덩굴손이 힘겹게 담을 넘자
끌끌 혀를 차던 아버지 마른 한숨이
푸석하게 먼지처럼 더위 속으로 흩어졌다

찌그러진 주전자 주둥이에 입을 대고
벌컥 들이켠 물로 고시래 투레질 치며
기우제라도 지내듯 사뭇 진지하신 아버지

농심은 천심이라며
하늘을 우러르는 구릿빛 얼굴
어깨에 가득 베인 땀방울
하얀 소금꽃이 아리게 피어난다

제2부

살다가 오늘처럼 그리운 날이 또 오겠지

살다가 오늘처럼 그리운 날이 또 오겠지

비가 내린다
헛헛한 그리움이 빗물에 스미어
얼굴 위로 번지며 눈꼬리를 타고
가슴의 골짜기를 파고든다

그리움일까 연민일까
뜨거운 불덩이 하나 목젖을 태우며
굶주린 허기를 달래듯 차곡히 밀어 넣는
한숨의 깊이가 땅이 꺼질 듯 내려앉는다

아 세월의 약을 덧발라도 치유될 수 없는
사랑의 흔적 지독한 그리움
가끔씩 찢긴 살갗에 소금기처럼 아리다

살다가 오늘처럼 그리운 날이 또 오겠지
사랑이 없었다면 그리움의 추억을
노래하지 못하였으리
그리움의 꽃 한 송이 피우지 못한 인생이
어찌 사랑을 노래하겠는가

나무는 머물지 않는 바람을 기다린다

계절의 끝자락
바스락거리는 낙엽만이
빈 쭉정이처럼 말라
베 베틀린 몸뚱이로
둥지를 떠나는 철새처럼
몰아친 바람에 무리 지어
가을을 떠나보낸다

앙상한 나뭇가지 사이에
매달린 마지막 남은 잎새마저
휑한 바람 앞에 이별하고
딱쟁이처럼 윤기 없는 수피가
황량한 길가에 오롯이 서 있다

어느 한때
찬란했을 초록의 꿈들은
다시금 따뜻한 남녘 바람 되어 돌아올
나무는 머물지 않는 바람을 기다린다

저 왔어요 어머니

저 왔어요 어머니
어머니와 별반 다를 것 없어 보이는
육순을 훌쩍 넘긴 늙은 아들의 손끝이
파르르 떨리며
명주실처럼 흰 머리카락을 쓸어올리니
뽀얀 낯빛에 화색이 돈다

어머니 어머니 눈 좀 떠보세요
어머니 좋아하시는 홍시 사 왔어요
눈꺼풀이 무겁게 들리더니
눈으로 한입 베어 물고 이내 잠든 어머니
임자 없는 방에 홍시만 덩그러니 놓여있다

저 왔어요 어머니
불러도 대답 없으시고 이제 가시면 언제 뵐지
열아홉 새색시 꽃가마 길을
구순의 노모가 꽃상여를 타고 가네
"어허 어허하 어거리 넘차 너화너"
"어허 어허하 어거리 넘차 너화너"
선소리꾼의 요령 소리 처연히
북망산을 넘나드니
어찌합니까 야속한 세월의 강을

산모퉁이 돌아 꽃상여는 떠나가네
늙은 아들도 길섶의 꽃들도 신내천 개울도
목 놓아 슬피 우니 "어허 어허하 어거리 넘차 너화너"
소리 내며 꽃상여는 떠나가네

저 왔어요
아 저 왔어요 어머니
울어머니 불러도 대답이 없네

어머니 얼굴엔 미소

햇볕이 쨍쨍 뜨거운 날엔
바지랑대 높이 올리고
어머니는 하얀 이불 홑청을 널어놓으신다
아이들이 하얀 지붕 속을 헤집으며
숨바꼭질 놀이를 하는 해맑은 웃음소리가
파란 하늘을 가로지르며
허공에 햇살처럼 흩어진다

보송보송 마른 이불에서 나는
햇살이 익어가는 냄새를 맡으며
바스락거리는 이불 속에서
새근새근 잠들 장난꾸러기들의 벙글거리는 얼굴을
떠올리시는 어머니 얼굴엔 미소가 흐뭇하다
햇살이 안 겨다 주는 포근함에
세상 가득 행복이 번져간다

어머니와 시루떡

시월 상달이면
하얀 쌀가루 붉은 팥을 몽실이 깔아
켜켜이 쌓고 베보자기 덮어
아궁이에 불이 지펴지면 솔솔 익어가는 시루떡 냄새
문턱을 넘어 연기처럼 흩어지면
철부지 동생들의 설렘이 풀 방구리 드나들 듯
넘나들던 정지문지방
이날만큼은 여유롭고 넉넉한 마음에
어머니 입꼬리가 반달처럼 말리며 박꽃처럼 환하다

일 년의 농사를 갈무리하며
하늘과 땅 천지신명님께 추수의 감사함을 전하며
장독대 부뚜막 외양간 대문 밖 할 것 없이
집 안 구석구석 의식을 치르시던 어머니

배고픔의 시절 풍요를 기원하는 갈 고사떡
제사도 고사도 슬픔보다는 배불리 먹던 잔칫날
붉은 팥에 김 서린 날
휘영청 밝은 보름달도 정화수에 목축이고
시나브로 빈 들녘을 걸어가고 있다

어머니 밥상

딸랑딸랑 해거름
두부 장수 종소리

어머니의 찌그러진 양재기
김이 피어오르고

양반 체면
아버지의 헛기침
정지 문지방 넘어서면

어느새
사발 가득 하얀 고봉밥은
가난한
어머니의 사랑이었습니다

어머니의 돈줄

시멘트벽돌 담장 넘어 들리는 저 소리
어젯밤 취객들의 홍야 홍야 술타령에
빈 몸뚱이만 남은 깡통들이
야무진 손끝을 만나 포대 자루에 끌려와
정수리를 맞자 터진 옆구리 사이로
늙은이의 힘없는 오줌발처럼
수챗구멍에 노란 물을 지린다

더는 비울 것도 없으련만
납작해진 몸뚱이가 포대에 쌓여 보리 냄새가
짙어질수록 신명이 난 망치질 소리
아는 사람만 안다 그 몸값을
취객들의 발끝에 널브러진 저 은 광맥 같은 돈줄
어머니 철 대문 너머로 매일 돈줄이 굴러들어 온다

밑천 없는 장사라며 세상에 이런 장사가 어디 있냐며
고물상과 은행을 내 집처럼 드나드시는 어머니
우리는 눈뜬장님
어머니는 마르지 않는 돈줄을 평생 움켜쥐고
놓지 않으실 거다

어머니의 등

어미야 자꾸 키가 줄어든다
세월이 갉아 먹은 연골이 한 뼘은 삭아 들어
낫자루처럼 휘어진 등엔
지금도 살그랑 호미질 소리를 자장가로 듣던
아가의 베넷 웃음이 업혀져 있었다

뾰족한 새순이 단풍이 들기를 여러 차례
그 세월에 강산마저 변하였거늘
영원불변 화석처럼 변하지 않는
고향이며 향수이고 그리움인 나의 어머니

삶의 풍상을 받쳐 든 굽은 등은
어머니의 숨소리와 내 심장 소리가 교통하던 곳
그곳에서 울음을 멈췄고
그곳에서 잠을 잤으며
그곳에서 꿈을 꾸었다

아 이것마저 없었다면

당찬 바람이 비를 업고 내달리며
세차게 내동댕이친 빗줄기 치마 속 들추며
거침없이 파고들어 하얀 다리 살 애무하듯
부드럽게 흘러내리며 간질거린다

진열장 빨간 우산 첫눈에 반해 데려왔건만
제 몸값도 제대로 못 하는 얄미움
키를 낮추고 돌돌 말아
가방 깊숙한 곳에 넣고 싶지만

당황한 낯빛이라도 감출 수 있는
아 이것마저 없었다면
지붕 삼아 숨었어도
무녀가 널뛰듯 신명 난 바람은
치맛자락 들썩이며 베슬베슬 웃고 달아나는
얄미운 심술쟁이

저 바람은 분명 수컷일 거야

기약 없는 이별

꿈이런가
긴 터널 속을 빠져나온
수척해진 그림자가 한 줄기 빛 속에 휘청거리다
노랗게 변해버린 하늘의 무게를 이기지 못하고
털썩 주저앉아 먼 산 아지랑이처럼 가물거리는
가로진 그림자를 오롯이 바라보았다

수많은 자동차 행렬 속에 서서히 식어가는
혼의 불빛
촌각을 다투며 어둠 속을 뚫고 달리는
생을 갈망하던 무한 질주
몰아 쉬던 숨소리 점점 희미해지자
간신히 받쳐 든 노란 하늘이 순간 무너져 내렸다

창문을 흔드는 바람 소리 "밖에 누구요?"
행여 올까 잠 못 들던 근심이
어둠을 재촉하며 새벽을 깨운 발걸음에
개 짖는 소리만 먼 산으로 울려 퍼진다

간밤 바람 소리 요란하더니
후박나무 아래 무덤가엔 하얀 서리꽃이 피었고
어머니 머리 위엔 하얀 서릿발이 내려앉았다
가슴에 묻을 무심한 사람

하늘도 잠 못 이룬 밤

어두운 밤하늘
못다 한 말들 빗물 되어
하늘도 잠 못 이룬 밤

밤새 세찬 빗줄기를 쏟아내며
고요한 밤 할퀴듯
훑고 지나가는 빗줄기
인적없는 거리엔
빗방울의 몸부림만
가로등 불빛을 타고 흐른다

쉬어가라

뭐가 그리 바빠 돌아치느냐
구름도 쉬어가라 산허리를 내어주고
바람도 쉬어가라 산골짜기 내어주는
높은 산 품에 안겨
발아래 세상 굽어보니
덧없는 세상
삶의 무게로 힘들어하는 군상들의
모습이 처연하구나

세상살이 다 그렇지
하지만 누구나
인생은 살만한 것이며
삶의 가치는 저마다의 인생이다

숭고한 삶의 뜨락에 희망과 기쁨이
꽃처럼 피어나 아름다운 색깔로
아름다운 향기로 머무르게 하소서
잠시 머물다 가는 세상
꽃처럼 쉬어가라

아내는 요술쟁이

형형색색 실타래
아내의 손끝엔 어느새
아가 덧신 걸음마 기다린다
가슬가슬 짚 풀도 환골탈태
큰 입 벌려 사랑의 우체통
그리운 이의 소식 가득 담는다

향기 담는 고운 주머니
알록달록 미니어처
앙증맞은 원피스
머리에 꽃피운 초록 모자
손끝이 빚어내는 가지각색 모양
형형색색 실타래 생명을 불어넣는
아내는 요술쟁이
따뜻한 마음 소박한 꿈 담아
고운 임 선물로 먼 길 보낸다

그대가 있어 행복합니다

말하지 않아도 만지지 않아도
느낄 수 있어서 좋다
애써 표현하지 않아도
눈빛만 보아도
마음을 헤아려 주는 사람
힘겨울 때 아무 말 없이 어깨에 기대면
포근하게 감싸주는 따뜻한 온기
세상에서 가장 편안한 나의 쉼터
그대가 있어 행복합니다

치유

힘들고 지치고 아플 때
어두운 골목길 끝에서
나를 기다리시던 어머니

차가운 손을 꼬옥 잡아 비벼주시고
나보다 먼저 이불속을 차지하고 있던
밥사발 뚜껑이 달그락 소리를 낸다

늦은 저녁밥이 식을세라
아랫목에 묻어두시던 어머니의
따뜻한 정성으로 지친 몸과 마음을
배불리 채워주셨다

어머니는
언제나 늘 그러셨다
따뜻한 아랫목처럼 집안을 온기로
가득 채워주시고 가족들을 위하여
밥 한 사발 묻어두며
먼발치 들려오는 발자국 소리에
귀 기울이며 골목 어귀를
서성이는 어머니의 모습이
어두운 골목길을 환하게 비추었다

오늘도 나는 빈 골목길에서
어머니를 만났다
텅 빈 밥사발
허기진 배를 채울 길 없다

제3부

아꼬떼

아꼬떼

-안국역 3번 출구-

낯선 곳에서의 모호한 시간
길 잃은 발걸음
몇 발짝을 내디뎠을까
아침 햇살을 한 몸에 받으며 은색의 광택을
내뿜는 스테인리스 소재의 매끄러운 테이블과 의자
부끄럼 타는 수줍은 소녀의 얼굴처럼 달아오른
핑크빛 장미를 꽂아둔 유리병이
우뚝 걸음을 멈춰 세웠다
두서너 평이나 될까 어서 오세요
상냥한 그녀의 인사가 아침 햇살처럼 윤기 있다

커피 향 가득한 아꼬떼
에스프레소처럼 짙어가는 가을 아침
길가에 간간이 오가는 외국인들까지
마치 이국의 어느 골목길 아침인 듯
낯선 곳이 주는 설렘과 호기심에
초대받은 일탈이 커피 향에 스미어
달콤한 시럽처럼 가슴에 녹아내리는 이 평온함
사색의 시간을 어루만지는 아침 햇살이
눈 부시도록 아름답다

아름다운 이별을 고할 때

푸르게 밀려와 찬란히 꽃피우던
화려한 시절을 뒤로하고
후두두 늦가을 정취가 길 위로 내려앉아
아름다운 이별을 고할 때

텅 빈 잿빛 하늘 가득 고인 슬픔이
뒷걸음질하는 추억의 단상 앞에
낮은 음성으로 신음하며
쓸쓸히 일어서는 가을날 오후

멜라니샤프카의 애절한 곡조가
후미진 골목 어귀 허름한 찻집에서
비처럼 흐르며 추적추적 젖어 들 때
허물어지는 담벼락처럼 무너져 버린 그리움의 단상

그대여
정녕 가시렵니까
붉게 타오르며 신열을 앓고 있는 뜨거운 발자국
발갛게 달아오른 가을을 밟고 간다
가진 것 하나 없는 빈손으로

해 질 녘

홍시처럼 농익은 노을
한낮을 건너온 뜨거운 발
강물에 식히네

물살을 뒤척이며
다홍빛 열꽃 강물에 피어나네
서산이 노을을 뒤로 감추니
이내 강물은 고요하고

등진 해그림자 밟고
얼굴에 분칠한 하현달
어둠이 내리는 물 위를 서성이네

그리움

바람이 울면 그리운 것들은
가슴속에 둥지를 튼다

사랑 1

사랑은
질투의 시작
구속하지 마라
사랑은 소유가 아니고
나눔이다

사랑 2

사랑은
구속이 아니라 평등이다
존중과 배려와 감사의 마음을
아낌없이 베풀어라
사랑은 부메랑이 되어 돌아올 것이다

사랑을 저울질하지 마라
사랑은 믿음으로 가꾸어 가는
정원과도 같다
사랑의 꽃을 피워라
사랑하는 마음이 곧 행복이다

눈물

호르는 눈물은
또 다른 언어다
침묵의 강을 건너
조용히 매듭짓는
단호한 언어
눈물

그림자

홀로선 길 위에
비좁은 틈으로
긴 그림자가 헤집고 들어와
발자국을 딛고 일어설 때마다
어느새 훌쩍 커버린
낯선 그림자 나 아닌 나의 모습

늘씬한 실루엣의 그녀가
등 뒤에 서성일 때
나는 뒤돌아보았다
나처럼 누군가를 찾고 있는 그녀의 시선
어쩌면 살면서 단 한 번도 마주하지 못할 눈 맞춤

가끔은 쪼그리고 앉아
가까이 다가서려 하지만
새삼 남인 듯 멀어지는 너는
평생을 등만 바라보다
제 얼굴 한번 제대로 보지 못하는
낯선 그리움이구나

마음

켜켜이 쌓아 놓은 해묵은 감정
하나씩 꺼내어 펼쳐보니
추억의 단상 그곳에 있구나
돌이켜 지나온 시간 앞
애써 잡고 싶은 한 자락 마음
뿌리치지 못한다
차마 가라 말도 못 한다
천지 만물도 담고 사는 그곳에
어찌 쉴 곳이 없단 말인가
마음 내어 주지 않는 금단의 길이었던가

관심

누군가 말을 걸면 대답해 주세요
누군가 쳐다보면 눈빛을 나눠주세요
누군가는 당신의 따뜻한 말 한마디
다정한 눈빛이 고마운 외로운 사람입니다
우리는 서로가 세상의 정글 속에
외로운 사람입니다

욕망

소란의 시간 잠재우고
하얀 파도 가로눕는
쉼 없는 토악질 속에
산산이 부서지는
뜨거웠던 정열의 시간

욕망의 붉은 덩어리
시간의 형벌 속 방황하는 고뇌
타협에 등지고
잿빛 하늘 맞닿은 수평선 넘어
깊은 심연의 바닷속
허깨비 욕망을 수장시킨다

미로

아무도 들여다볼 수 없다
꺼내어 보여 주지 않으면
아무도 가질 수 없다
내어 주지 않으면
볼 수도 가질 수도 없어
애태운 침묵의 시간
무릇 알 길 없는 심정
미로 속 여행이구나

비련

누구의 설움일까
하염없이 빗물이 흐른다
마음이 동하여
창밖 풍경 서성이니
뿌연 창가에 또 다른 얼굴
빗물인지 눈물인지
알 수 없는 사연 창가에 흐른다

숙명

하루의 수고를 끝낸 햇살
서산으로 기울 때
낮 달의 하얀 웃음 가지에 걸린다
땅거미 위 살포시 번지는 엷은 미소
교대 의식이다

근위병 나팔 소리 없어도
해와 달의 교대에 맞추어
사무실 컴퓨터를 반납하고
주부 20단의 실력으로
변모하는 숙명의 낮과 밤

꿈을 꾸듯
햇살 아래 커리어우먼
달빛 아래 행복을 수놓는 천사 되니
새우잠 속 아가 얼굴
달빛에 환하다

넋두리

또 한 병 소주병이 비워진다
어수선하게 헝클어진 말들이
제자리를 못 찾고 뒤엉켜 넋두리 속에
이리저리 부딪치다 술잔 속에 빠져버렸다

초점 잃어 반쯤 풀린 눈동자엔
술이 그득하다
"나는 말이야 난 인생을 보상받고 싶어"
세 시간을 앉아 있으며 아마도
수십번은 더 들었을 말이다
빨간 구두를 좋아하고 화려한 옷을 좋아했던 그녀
새마을금고에서 질리도록 맡았을 돈 냄새
그 돈 냄새가 그립다
개도 안 물어 간다는 그 돈을 누가 다 물어 갔을까

또 한 잔을 들이켠다
술잔을 내려놓는 손가락 마디가 번데기처럼
쭈굴거린다
20여 년 식당 일로 투박해진 손잔등
세월은 고스란히 내려앉아
나이를 먹어가고 있었다
마주하던 붉은색 매니큐어의 기다란 손이
미안한 마음에 탁자 밑으로 내려앉았다

또 한 잔을 들이켠다
"난 오십 세까지만 일할 거야
네게 필요한 게 뭔지 아니 시간 돈"

순댓국집 딸로 태어난 그녀의 바람은 가업을 이어가는
20여 평 점포에서 세상 밖으로 나오는
자유였을 것이다
자유가 술잔 밖으로 넘친다

낮은 슬리퍼에 얹힌 가느다란 종아리가
비틀거리며 골목 어귀를 돌아서자
빨간 구두 발자국 소리 또각또각 걸어 나온다
"그래 난 할 수 있어" 나직이 읊조리던 그녀의 말이
어둠을 뚫고 비장하게 우뚝 섰다

제4부

아침을 여는 소리

아침을 여는 소리

이불을 확 걷어 젖히며 학교 늦겠다
얼른 일어나 채근하는 엄마를 아랑곳하지 않고
새우등처럼 둥글게 말며 돌아눕는 아이들과의 전쟁이
긴 방학을 끝내고 시작되었다
반쯤 감긴 눈으로 양치를 하는 둥 마는 둥
세수를 하는 둥 마는 둥
밥 한술 제대로 뜨지 못하고 허둥지둥 나서는
뒷모습을 보며 시간의 여행자가 되었다

황소바람이 문풍지 사이로 들어와
문고리에 꽂아둔 숟가락이 자명종처럼 달그락거리며
아침을 깨우는 소리
밥 짓는 가마솥 뚜껑이 살그랑 열리는 부엌의 소리
아버지의 어푸어푸 소 셋 물소리가 귓전에 맴돈다

추운 겨울 아침은 왜 이리 일어나기가 싫었던지
두꺼운 무명 이불을 머리끝까지 올리고
아랫목에서 발가락을 꼼지락거리며
늑장 부리던 어린 시절
내 귓가에 맴도는 아침을 여는 소리들
괜스레 코끝이 찡해지며 아침을 여는 소리가
그리운 아침이다

소리 없는 절규

묵언수행 수도승처럼
말없이 행한다
수많은 말들
오장육부 뒤흔들며 요동치는데
내뱉어도 돌아올 화답 없고

천지가 개벽한들
세상에 나오지 못할 말
억누른 가슴만이 통곡하며 절규한다
천기누설 죄악이랴
답답한 이내 심사 그 누가 알리오

여백의 미

평온의 침묵
때론 두려움의 시간이다
여유를 즐길 빈 마음이 없다
눈 깜짝할 사이 시간조차
경쟁의 시간이 되어버린다

여백의 미
채우려 하지 말자
미완성 그림처럼
무얼 그릴까 하는 설렌 마음
채워지지 않아 아름다운
순백의 그 느낌
비워야 비로소 채워지는 여백이다

사는 게 추억이다

추억이라는 게 별것이 있나요
사는 게 추억이지
길 위엔 사람이 있고
사람들 사이엔 추억이 있다
우리는 추억을 만들기 위해
그 길을 걷는다

흔적

지척에 두고도 먼 산 보듯
배회하는 마음이 참으로 안타깝구나
모진 게 사람이라더니 생인손처럼 아린 마음
시간의 밑바닥에 묻어두고
세월의 약을 바르는구나
먼 훗날 아무도 모르게 떼어보면
상처는 흔적으로 남아 있겠지

가을걷이

가을이 익어가면
어머니의 손톱 끝이 까맣게 물든다
멍석 위에 가지런히 펼쳐 놓은
붉은 고추들이 매운 냄새를 내뿜으며
검붉게 익어가고

장독대 뚜껑마다
한 자리씩 차지한
호박고지 무말랭이 산나물
햇살에 제 몸의 물기를 말려주면
가을 속 겨울 음식
바라만 봐도 흐뭇한 어머니 미소

들꽃잎 곱게 말려 창호지 문살에
수놓으니 달빛에 꽃이 피네
어머니 손끝의 가을은
이 주머니 저 주머니 가득 채워
광속에 올망졸망 바라만 봐도 배부른
결실의 계절입니다

가면무도회

멋진 깃털 화려한 가면 뒤에 숨겨진
사랑을 가장한 늑대의 본능
그 초대장은
당신이 내게 건 운명의 장난이었다

화려한 조명 고혹의 눈빛
가면 뒤에 숨겨진
사랑을 가장한 여우의 본능
내일의 기약 없는 유혹의 소나타

흔들리는 조명 속에
늑대와 여우의 꼬리는 희미해져 간다
멀리서 들린다 늑대와 여우의 울음소리

척 놀음

사는 곳 어디더냐
가진 것이 무엇이더냐
흔들거리며 위태로워 보여도
더 높은 곳을 갈망하며
또 하나의 척을 쌓는다
있는 척
아는 척
잘난 척

세상은 척 놀음에 신명이나
끼리끼리 북치고 장단 맞춘다
죽은 짐승의 고깃덩어리를
낚아채듯 호시탐탐 주변을 맴돌며
배회하는 독수리처럼
척의 대열에 편승하려
눈을 부릅뜨고 아귀 속으로 하강한다

바람이라면

무시로
흐르던 눈물
가슴으로 흘러
명치끝에 멍울 들 때

차라리 바람이라면
이지러진 마음 풀어헤쳐
번뇌의 숲
욕망의 무덤에서 노닐던 마음
훨훨 털고 벌거벗은 모습으로
그대를 만나고 싶다

내가 바람이라면
하얀 드레스 갈아입고
너울너울 춤추며
삶의 가지마다 향기로운
그대 모습 알알이 걸어놓고
삼백예순날 노래하고 싶다

봄 마중

겨우내 달려온 봄 너울
툇마루에 앉아 다리쉼을 할 때
그 아래
꺼벅이는 흰둥이는
졸음 한가득

툭 치고 달아난 바람
놀란 갯버들
가지 위로 곧추선 미상(尾狀)꽃차례로 피는데
노랑 저고리 빨간 치마
갈아입은 수줍은 옷맵시
곱기도 하다

고운 임 오시려나
너울 바람에 꽃비 내려
향긋한 꽃내음 길섶에 앉고
사뭇 그리운 임의 얼굴
아지랑이 언덕 넘어
살며시 피어난다

이별 그 순간

말없이 떠나는 뒷모습을
물끄러미 바라봅니다
그의 뒷모습이
점이 되어 버릴 때쯤
내 눈엔 눈물의 파도가 일렁입니다
이별 그 순간

비의 선물

살금살금 다가온 도둑고양이 발자국
그 발자국 지우려
후드득 빗방울이 달려들더니

바람을 타고
열대우림의 스콜처럼
양철지붕 위에 내리꽂히는 빗소리의 경주
말렛으로 양철지붕 위를 두드리는 저 소리

잿빛 하늘이 떨어낸 구름의 조각들
소리가 한참을 달리더니 경주는 끝났다
양철의 골진 등줄기마다 대롱대롱
하늘이 수여한 저 수정 메달들

폭풍의 언덕

우르르 쾅쾅
뇌성벽력이 마음을 요동치니
지옥이 따로 없다
버리라 한다
버려야 한다

한바탕 휩쓸고 간 고요의 언덕 위에
거짓의 껍데기를 벗고
이상이 날갯짓하는 이세(二世)에
희망을 품어본다

장별리長別離

아기가 되어 돌아온 당신
내 품에 안겨 힘없는 미소 늘어뜨릴 때
백발을 쓸어 넘기며 파리한 손 잡아주면
아기처럼 선한 미소 짓던 얼굴이 사무칩니다

칼날 같은 바람에도 뜨거운 눈물은
하염없이 흐릅니다
이생에 등을 지고 무정히 떠나는 당신이 야속합니다

꽃 피고 새 우는 봄날이 멀지 않았거늘
어찌 그리 매정하게 가시렵니까
화사한 봄날 꽃길 걷자던 그 말
이젠 덩그런 마음속에 메아리칠 뿐
당신의 숨결이 당신의 온기가
아직도 손끝에 살아있는데
난 아직 준비도 못 했는데
이별을 고하는 당신의 모습이 야속합니다

세상과의 이별이 눈물이라면
당신 앞에 떨구지 않겠습니다
내 생에
가장 아름다운 만남은 당신이었습니다

제5부

숲 물에 어리다

숲 물에 어리다

강물은 늘 산을 비춰주는 명경이 되어주었다
꽃이 피고 낙엽이 물들고 눈 덮인 억겁의 세월
유유히 흐르는 강물을 굽어보며 수만 년을 망부석처럼
부동하여 넋두리를 담아내는 산 그림자

물이 일어난다
연풍에 도포 자락 휘날리듯
유유자적 흐르는 강물 위를 내딛는 몽환의 발자취
물의 경계를 초록의 능선을 홀연히 넘나들며
하얗게 피어나는 운무
가장 낮은 곳에서 가장 높은 곳으로
하늘에 맞닿는 입맞춤

한 줄기 빛이 물가에 어린다

민들레 영토

바람이 불면
속씨 가득 담아
유랑 길 오른다

하얀 갓털
전설 속 별이 되고 싶어
하늘로 오르고

노아의 방주에
피우던 꽃은
강을 건너고 산을 넘어

하얀 날갯짓으로
흙의 품속 파고드니
짓밟혀도 피어나
민들레 영토를 만든다

며느리밥풀꽃

바위틈 수줍게
머리를 조아리며
얼굴 내민 며느리밥풀꽃

하얀 밥풀
입가에 묻었다

배고픈 설움 켜켜이 쌓인 가슴
조롱조롱 매달려 등이 휘었다

분홍빛 심장
꽃으로 피어난 슬픈 넋이여

달개비꽃

곧은 꽃대 마디마디
아픔을 꺾어 꽃을 피웠다
하루면 지고 말 꽃이여,

애간장 녹듯
꽃잎은 이슬에 녹아내린다
청색의 물빛 보석
잎새에 알알이 맺혀
눈물처럼 떨어낸다

한 줄기 햇살에
농익은 꽃잎이 피어나
짧은 생을 윤회하는 달개비꽃이여
그 하루가 찬란하구나

봉숭아

떨어진 빨간 꽃잎
하얀 손톱 위에 그리움으로 자라나
첫눈을 기다린다
첫사랑
너의 기억에게 안부를 묻는다

유월의 장미

어스름 달빛을 타고
소리 없는 밤손님처럼
가시 돋친 손을 내밀어 담장을 짚고
붉은 고개를 내밀며 월담하는 너는

처녀의 가슴 싸개를 풀어헤친 듯
봉긋한 꽃망울들이
향기로 밤하늘을 어지럽히고
빨간 속살 떼어내며
달빛마저 희롱하는 유월의 붉은 정열

고고한 아름다움에 취해버린 나는
가시 돋친 너의 손을 잡고 말았네
그것이 아픔인지도 모르고
절정을 내달리던 붉은 꽃망울
자신의 목숨을 바쳐 사랑하는 사람에게만 바치는
아픔으로 피어난 꽃
유월의 향기가 가슴속에 붉게 차오른다

상사화

어느 골짜기 꽃무릇 피어나
잎이 지면 꽃이 피고
꽃이 지면 잎이 피네
아 이룰 수 없는 사랑
그리운 사람 애달픈 사람
백일의 사랑이었네

붉은 머리 곱게 피어
그리움이 물들 때면 서산의 노을마저
애처로이 등을 지네
눈이 멀어 못 보나 발이 없어 못 가나
피고 지고 피고 져도 만날 수 없는
임 향한 그리움 설움의 꽃이었네

달 바라기

투박하고 옹이진 그릇에
물을 담았더니
그 속에 달빛이 쉬어가더라
텅 빈 몸뚱이 공명만 가득하더니
달빛의 하얀 속살 배부르게 담아낸다

이 빠진 주둥이 심술궂게 앉아 있던 옹기는
밤마다 달 바라기 되어
촉촉한 밤이슬 융단처럼 깔아준다
수줍은 달빛
뽀얀 속살 들킬세라
구름은 말없이 감싸 안는다

비단 꽃

집안 가득
호사스러운 비단 꽃이 날마다 피어났다

사그락사그락
가위질에 조각난 비단길
밤새
재봉틀 소리 요란하더니

금박 은박 당의
수줍은 새색시 연두저고리 빨강 치마
조바위 색동저고리 돌쟁이 옷
날마다 꽃을 피우던 어머니

어느 날
바늘을 쥐고 곤히 잠든 어머니를 보았다
바늘에 찔려 굳은살 박인 손을 보았다

섬섬옥수 곱던 손
평생 비단 꽃 피우느라 시든 어머니
마른 논처럼 갈라져 있었다

새벽이슬

영롱한 이슬방울
밤새 빚은 새벽의 선물
풀잎에 또르르 맺힌 유리구슬
길섶 풀 내음
동트는 이른 새벽 환하게 웃음 주며
눈 부신 햇살 밟고 먼 길 떠날 채비 한다

빗방울처럼

스산한 바람 한 자락
비를 품어 유리창에
물 조루질 한다
멍 울진 속내
얼룩져 흐르는 눈물
마음에 비가 되어 흐른다

이 비가 그치면
아스라이 맺힌 빗방울
햇살이 갈무리해 주겠지
씻긴 뽀얀 창가에
눅눅한 마음 널어놓으면
내 마음도
햇살이 갈무리 해주려나

해마 한 마리

무심코 열어 본 서랍 속
작은 칠보단장 해마 한 마리
바다를 닮은 네게 줄 선물이었는데
그때의 시간이 이곳에 멈춰 있구나
넓은 바다의 희망을 노래하며
사랑을 꿈꾸던 비췻빛 그리움
심연의 바닷속 전설 되어
모래 언덕 삼키고 토해내는
하얀 파도의 노랫소리
잠든 그대의 비췻빛 사랑을 깨운다

잡초

나는 이름 없는 풀에 지나지 않는다
누군가는 잡초라고 부른다
그러나
나는 강하다
거센 바람의 길을 순응하며
등줄기를 굽히어 유연하게 따르는 진리
내가 꺾이지 않고 살아남는 이유다
바람이 뒤척일 때마다
서걱서걱 등을 베이지만
하늘을 향해 꼿꼿이 푸른 꿈을 세우는
나는 잡초다

춘설

먼 길 오던 아지랑이
하얀 춘설에 깜짝 놀라 주춤하다
먹빛 하늘 아지랑이 삼켜버렸네

움트던 봉우리 수줍어 새침 떼듯
하얀 고깔 깊숙이 눌러쓰고
아지랑이 봄날 재촉한다

제6부

순천만 갈대숲

순천만 갈대숲

푸른 갈대숲
연듯빛 해풍에
잿빛 영토 촉각이 곤두선다
소리 없이 찾아든 그림자
순간 갈대숲이 긴장한다

놀란 짱뚱어 불거진 눈망울
구덩이 속에 잽싸게 몸을 숨긴다
은밀한 눈동자들
숨죽여 지나가는 발자국

제집인 양
주객이 전도된 칠게의 성
한낮의 태양 아래
일광욕을 즐기는 뻘밭의 파수꾼들

수천 년 세월을 품은 순천만
뻘밭에 찍힌 발자국으로
파랗게 살이 오른다

우리 동네

우체통은 장날
김 서방네 딸이 시집가는 것도
박 서방네 아들이 장가가는 것도
뉘 집의 슬픔도
그저 장에 가면
소인 없는 편지가 잘도 전달 됩니다

백화점은 장날
알록달록 아기 옷
상큼 달콤 과일
비릿한 생선 싱그러운 야채
올망졸망 작은 보따리가
좁은 골목길에 죽 늘어선 만물상
우리 동네 백화점은 장날입니다

주막은 장날입니다
걸쭉한 막걸리 한 사발에
껄껄껄 속 깊은 웃음이 흐뭇합니다
이 풍진 세상을 만났으니
노랫가락이라도 한소리 나올 듯
취기가 오르는
우리 동네 주막은 장날입니다

보름

별빛을 등에 지고
달이 빛을 발한다
고운 빛 얼싸안고
밤하늘 유희하니
초승달 기운 사랑
망월(望月)이 되어간다

친구

지란지교를 꿈꾸던 소녀
가을 낙엽만 뒹굴어도 까르르 웃던 웃음소리
덩달아 들썩이던 어깨
퍼내어도 마를 것 같지 않던 청춘의 샘
툭 떨어지는 두레박 소리가 깊구나
소녀여 아득히 멀어지는 그리운 소리

관포지교 농익은 마음
눈빛 하나만으로도 지친 어깨 감싸주고
한잔 술 기울이며 쓴 시름 덜어준다
이심전심 물음 없어도 답이 온다
친구여
굽은 등 느린 걸음이라도
황혼의 뒤안길 함께 걷고 싶구나

장 손

세상에 태어나 첫울음 울던 날
아무개라는 이름보다 더 빨리 붙여진
가문의 장손이란 이름표
금지옥엽 다칠세라 아플세라
안절부절못하시던 할아버지
귀한 자손 울타리 밖 넘으니
세상에 귀하지 않은 자손 없더라

녹 녹 치 않은 살림살이
얼굴도 모르는 조상님 받드는 제례
고단한 삶에 때론 어깨가 무겁다
조상을 잘 모셔야 자손이 잘된다
어르신들의 이구동성 가르침 잘도 따랐건만
내 탓이기보다 조상 먼저 들추는 옹졸함
떼어 낼 수 없는 훈장 때론 야속하다

아내는 말없이 제기에 정성을 올린다
조상님 전에 비나이다
자손만대 부귀영화 건강 다복 소원성취
한없는 마음 불꽃에 기원 담아 소지한다
장손은 모든 이의 염원을 소망하는
가문의 복 짓는 그릇이 아닐는지

오일장

이른 새벽
텃밭 살이 작물들이
경운기 타고 털털거리며 작별을 고한다

오일장
그늘막 아래 제법 실한 것들
어느 친환경제품이란 이름표 없어도
농부의 땀은 거짓이 없다

좌판들 사이로 바쁘게 오가는 발자국들
예사롭지 않은 눈초리
덥석 잡힌 푸른 것들이 검정 비닐 속으로
고개를 디밀 때마다 어머니 입가엔 미소 한가득

덩달아 춤추는 전대가 큰 입 벌려
퍼런 배춧잎을 잘도 삼킨다
자린고비처럼 야박했던 쌈지
차곡차곡 쌓인 돈다발
오늘은 광 문이 열리려나
어머니 그림자에 헤벌쭉 웃음이 난다

수종사

운길산 품에 안겨 보일 듯 말듯
수줍게 자리한 수종사
뜰에 서성이니 발아래 굽이치는
두 강물 하나 되어 흘러가는 두물머리
그 물빛이 찬란하구나

오색단청 시기하랴
울긋불긋 물들인 단풍아
엉기 덩기 어우러져
바람에 춤을 춘다

작은 돌 하나
켜켜이 쌓아 올린 돌탑
공덕의 마음으로 합장하니
그윽한 향불 냄새 도량을 넓혀주고
바람을 가르는 풍경소리
속세 번뇌 실어 보내니 이곳이 극락이로다

풍경소리

바람이 손을 잡고
번뇌의 숲을 거닌다
영혼을 깨우는 소리
바람은 무념무상
풍경소리 아득하다

빨랫줄

장마가 주춤 한발 물러서자
기다렸다는 듯 단숨에 달려온 햇살이 달아날까 봐
툭툭 물기를 털어내며 빨래집게로 꼭 집어
하늘 높이 치켜든 바지랑대 긴 팔에 올망졸망 매달린
우리 가족

물 먹은 솜방망이처럼 무겁고 눅록한
아버지의 낡은 작업복
함지 가득 우물물에 목욕하고 방망이로 탁탁 안마받아
노곤해진 팔다리 해먹에 누운 여행자처럼
바람 따라 너울대는 아버지의 모습
삶의 무게를 모두 덜어낸 가장의 평온함

그 곁을 말없이 나풀거리는 꽃무늬 월남치마
나비가 앉았다 날았다 또 앉았다
분명 꽃이 틀림없건만 신통치 않게 날아가는 나비여

진정 아는가
지쳐 쓰러져 잠드는 곳
세상의 모든 서러운 눈물 닦는 곳
세상의 모든 기쁨에 춤을 추는 곳
그 꽃밭에 엄마의 냄새가 스며 있음을

바지랑대 위에서만큼은 자유로운 여행자
아버지와 어머니가 이토록 자유로운 날
바람길 따라 하늘 위로 나풀거린다

물

물은
흐르는 대로
담기는 대로
높은 곳에서 낮은 곳으로
순리의 길로 흘러가는 겸손의 미학
물 같은 사람이 되고 싶다

몽돌해수욕장

바람의 언덕 넘어
달려온 바다
몽돌밭에 하얀 파도를 해산한다

에메랄드
빻아서 흩뿌리듯
알알이 박힌 물빛 보석

파도에 구르는 몽돌
산고는 소리로 이어지고
해안가 하얀 물꽃이 피고 진다

바다의 오케스트라
순산을 축하하는
팡파르가 울려 퍼진다

추풍낙엽

겨울의 길모퉁이
차가운 길 위에
쓸쓸히 뒹구는 낙엽
화려한 시절
오만하게 불태우던
만산홍엽 정열의 시간 뒤로하고
윤회의 길 따라
잉태의 산실 대지의
품속으로 영면한다

해설 -연선화 제1 시집 『머물 듯 머물지 않는 시간』

김 송 배 (시인. 한국시인협회심의위원)

1. 시간성에서 탐색하는 그리움의 실체

우리는 일생을 살면서 시간과 동행하지 않는 삶은 없을 것이다. 태어나서 현재까지 희로애락을 수용하면서 다채로운 인생행로를 지나왔다. 이 과정에서 피치 못하는 동반자의 애증愛憎으로 영위했던 시간(세월)에서 겪었던 삶의 흔적들이 재생하여 하나의 이미지로 투영하는 것이 시적인 발원지가 되는 것은 우리들 시인에게서는 가장 중요한 모티브가 되는 것이다.

우리 시인들은 지나온 체험들을 중시한다. 삶에 대한 경험이 바로 작품의 원류로써 시작詩作의 동기가 되고 시심詩心의 충동이 되는 것으로써 시간성에서 탐색하는 시적인 진실의 실체는 바로 그 시인의 자존自尊과 가치관으로 정립하여 작품의 주제로 명징明澄하게 현현되는 것이다.

일찍이 철학자 플라톤은 "시간은 미래영겁이 환영幻影" 으로서 인간들이 소비하는 것 중에서 가장 가치 있는 것이라고 했다. 그렇다. 시간은 우리 인간들에게 얼마나 많은 체험을 제공하면서 시인들의 향기를 북돋우고 있는지 모를 일이다.

여기 연선화 시인이 상재하는 시집 『머물 듯 머물지 않는 시간』 을 일별하면서 이와 같은 상념에 먼저 흡인吸引하는 것은 그가 천착穿鑿하는 시간에 대한 무한

한 메타포는 그의 인생과 직접 상관성이 있는 그리움이나 외로움 등 인간의 애환이 깊게 잠재해 있음을 읽을 수 있기 때문이다.

사람이 머물다간 자리엔 그리움이 베어 있고
꽃잎이 떨어진 자리엔 향기가 그윽하다
떠나간 사람의 뒷모습을 바라보는 그림자는
목이 긴 사슴처럼 외롭고
떠나보낸 모든 것들은 외로움을 안고 산다

내가 선 그 자리가 누군가의 자리였듯
누군가의 자리가 나의 자리가 되어가는
머물 듯 머물지 않는 시간
걸어가는 그 길 위로 사람과 사람은 인연을 만들고
우리는 우리만의 시간을 만들어 가고 있었다
생의 이름으로 짧은 입맞춤을 하는 그 순간까지

—「머물 듯 머물지 않는 시간」 전문

우선 이 시집이 표제시인 이 작품은 "시간=그리움"이라는 등식을 성립하면서 그 시간 안에는 "떠나간 사람의 뒷모습을 바라보는 그림자는 / 목이 긴 사슴처럼 외롭고 / 떠나보낸 모든 것들은 외로움을 안고 산다"는 그리움의 원형을 탐색하고 있는 것이다. 그것이 바로 외로움이다.

이처럼 그리움과 외로움은 시간의 매체에서 괴리乖離될 수 없는 형태의 시법으로 현현되고 있는데 이는 그의 사유思惟가 멈춰진 "머물 듯 머물지 않는 시간"에서 창출한 이미지는 "사람과 사람은 인연을 만들고" 또한 "우리만의 시간을 만들어 가" 는 형상의 시간은 연선화 시인에게서 작품의 중심을 지탱하고 있음을 이해하게 된다.

연선화 시인은 작품 「욕망」 중에서도 "욕망의 붉은 덩어리 / 시간의 형벌 속 방황하는 고뇌 / 타협에 등지고 / 잿빛 하늘 맞닿은 수평선 넘어 / 깊은 심연의 바닷속 / 허깨비 욕망을 수장시킨다" 는 어조와 같이 삶의 진행 과정에 생성하는 다양한 심리적인 지향점은 바로 이 시간성에서 욕망이나 형벌이나 고뇌 그리고 타협 등으로 그의 심연에서 수장시키고 있는 것이다.

평온의 침묵
때론 두려움의 시간이다
여유를 즐길 빈 마음이 없다
눈 깜짝할 사이 시간조차
경쟁의 시간이 되어버린다

여백의 미
채우려 하지 말자
미완성 그림처럼
무얼 그릴까 하는 설렌 마음
채워지지 않아 아름다운
순백의 그 느낌
비워야 비로소 채워지는 여백이다
— 「여백의 미」 전문

연선화 시인의 뇌리에는 이와 같이 두려움의 시간 혹은 경쟁의 시간에서 비로소 감지한 것은 바로 "여백의 미" 이다. 그는 이처럼 시간의 여백에서 창조하려거나 구현하려는 미학적인 진실은 무엇일까. 그는 결론으로 적시한 “미완성 그림처럼 / 무얼 그릴까 하는 설렌 마음/ 채워지지 않아 아름다운 / 순백의 그 느낌 / 비워야 비로소 채워지는 여백” 이라는 지적인 가치관을 엿보게 하고 있는 것이다.

이 밖에도 그가 심취하는 시간의 형상은 대체로 “애태운 침묵의 시간(「미로」 중에서)” 이거나 “사색의 시간을 어루만지는 아침 햇살(「아침 풍경」 중에서)” , “시간의 여행자가 되었다(「아침을 여는 소리」 중에서)” 그리고 “시간의 밑바닥에 묻어두고 / 세월의 약을 바르는구나(「흔적」 중에서)” 등등에서 그가 적시하고자 하는 시간에 대한 심층적인 탐구에 몰입하는 현상을 목도하게 되는 것이다. 연선화 시인이 시간성(혹은 세월)에서 구현하려는 내밀한 주제 의식은 그가 살아온 인생 체험에서 획득한 추억에서 탐색하고 있는데 그 추억은 시간과 동행하면서 칠정(七情-喜怒哀樂 愛五慾)에서 추출한 이미지가 바로 그리움이라고 할 수 있을 것이다.

그는 “바람이 울면 그리운 것들은 / 가슴속에 둥지를 튼다(「그리움」 전문)” 거나 “아 세월의 약을 덧발라도 치유될 수 없는 / 사랑의 흔적, 지독한 그리움 / 가끔씩 찢긴 살갗에 소금기처럼 아리다(「살다가 오늘처럼 그리운 날이 또 오겠지」 중에서)” 라는 어조와 같이 “그리움의 추억” 이 그의 시간성에서는 절대적인 시적인 모티프가 됨을 간과看過하지 못할 것이다.

2. 삶의 가치와 인생의 함수는 성찰에서부터

연선화 시인은 시간성에서 체득한 삶의 가치나 인생 문제를 이제는 “나” 라는 실체에서 탐구하는 존재의 인식에서부터 다망多忙했던 분망奔忙 중에서도 자신을 되돌아보는 시간을 만들어가고 있는 것이다. 그는 우선 작품「그림자」중에서 "늘씬한 실루엣의 그녀가 / 등 뒤에 서성일 때 / 나는 뒤돌아보았다 / 나처럼 누군가를 찾고 있는 그녀의 시선 / 어쩌면 살면서 단 한 번도 마주하지 못할 눈 맞춤" 이라는 자아의 발견에서 인생을 인식하게 되고「잡초」중에서는 "나는 강하다 / 거센 바람의 길을 순응하며 / 등줄기를 굽히어 유연하게 따르는 진리 / 내가 꺾이지 않고 살아남는 이유다" 라는 삶에 대한 강한 의지가 "잡초" 를 의인화해서 자신의 진정한 내적인 화법話法으로 풀어내고 있으며 한편 「바람이라면」중에서는 "내가 바람이라면 / 하얀 드레스 갈아입고 / 너울너울 춤추며 / 삶의 가지마다 향기로운 / 그대 모습 알알이 걸어놓고 / 삼백예순날 노래하고 싶다" 라는 간절한 어조로 기원의 의지를 표명하고 있어서 그는 자아의 존재를 명확하게 인식하고 있는 것이다.

뭐가 그리 바빠 돌아치느냐
구름도 쉬어가라 산허리를 내어주고
바람도 쉬어가라 산골짜기 내어주는
높은 산 품에 안겨
발아래 세상 굽어보니
덧없는 세상
삶의 무게로 힘들어하는 군상들의
모습이 처연하구나
세상살이 다 그렇지
하지만 누구나
인생은 살만한 것이며
삶의 가치는 저마다의 인생이다

숭고한 삶의 뜨락에 희망과 기쁨이
꽃처럼 피어나 아름다운 색깔로
아름다운 향기로 머무르게 하소서
잠시 머물다 가는 세상
꽃처럼 쉬어가라

―「쉬어가라」 전문

그러나 보라. 그는 저마다 구가하는 삶의 가치와 인생의 함수函數 관계는 상대성으로 지향하는 목표를 동질적으로 진행하고 있는 것이다. 그는 "잠시 머물다 가는 세상 / 꽃처럼 쉬어가라" 를 외치면서도 시의 상황설정에서 "높은 산 품에 안겨/ 발아래 세상 굽어보니 / 덧없는 세상 / 삶의 무게로 힘들어하는 군상들의 / 모습이 처연하구나" 라는 어조로 삶에 대한 현실을 처연하다는 자괴감을 감추지 않는다.

이러한 상황은 다시 작품의 기승전결 과정에서 세상살이는 다 그렇다는 긍정의 의지로 전환하고 있으며 인생은 살만한 것이라는 처연한 군상들에게 위무의 어조를 보내고 있는 것이다. 이렇게 삶의 가치는 인생과 불가분의 상관관계에서 동류의 지향점을 전개하면서 삶이 영위되고 인생관이나 가치관이 정립되는 것이다.

그는 마지막 결론 부분에서 "숭고한 삶의 뜨락에 희망과 기쁨이 / 꽃처럼 피어나 아름다운 색깔로 / 아름다운 향기로 머무르게 하소서" 라는 기원의 어조로 삶의 무게를 스스로 해소하고 숭고한 삶의 뜨락에서 꽃처럼 쉬었다 가라고 다짐하면서 모든 이들에게 조언하고 있는 것이다.

일찍이 박목월 시인도 그의 글「행복의 얼굴」에서

"삶도 시와 같다. 왜 사느냐? 즐겁기 때문이다. 그것 외에 삶의 본질을 설명한다면 그것은 삶의 속성을 어느 일면에서 풀이한 것이" 라는 말로 삶의 행보에는 고락苦樂이 동반하지만 모두가 행복을 추구하는 인간의 속성을 외면하지 못한다.

말 없는 세월 흔적으로 남겼다
질편한 세상 아귀처럼 뒹굴며
살아온 세월의 훈장
깊게 파인 주름살이 말한다

둘러보니 잰걸음 모두가 바쁘다
느린 걸음 마지막 갈 곳을 알기에
서두르지 않나 보다
쓸쓸한 어깨너머 휑하니 부는 바람
뼛속까지 시리구나

쉬어가는 바람조차 어깨는 무겁다
못내 아쉬워 불사르는 석양처럼
마지막 열정을 붉게 토해내어도
서산의 해는 말없이 기운다

—「인생의 뒤안길」 전문

연선화 시인은 다시 인생은 세월의 흔적으로 정리하고 있는 것이다. 이처럼 인생의 뒤안길에는 고난과 아픔이 공존하면서 한생을 살아가지만 "질편한 세상 아귀처럼 뒹굴며 / 살아온 세월의 훈장 깊게 파인 주름살이" 인생의 애환의 훈장으로 남아 있을 뿐이다.

그러나 모두가 바쁘게 살아가는 현장에서도 삶들은

"느린 걸음 마지막 갈 곳을 알기에 / 서두르지 않나보다" 라는 이해와 성찰의 관념은 삶과 인생의 마지막 도달할 곳을 예측하면서 깊게 자성自省의 어조로 스스로 위무慰撫하고 있는 것이다.

그렇다. 연선화 시인은 세월이라는 시간성에서 인식하는 인생은 결론적으로 마지막 갈 곳을 예견하지만 쓸쓸한 바람은 뼛속까지 시리는 형상으로 덧없는 인생길에 대한 절망과 우주의 섭리에 대한 근엄한 수긍이라고 이해할 수 있을 것이다. 보라. 그는 마지막 연에서 어깨가 무거운 바람이나 "못내 아쉬워 불사르는 석양처럼" 마지막으로 열정을 절규해도 "서산의 해는 말없이 기운다" 는 체념의 어조는 더욱 체감體感하는 인생론의 결말이라서 우리들의 공감을 유로流露하고 있는 것이다.

3. 재생하는 생명의 발원지, 사모곡

연선화 시인은 자신의 체험 중에서 영원히 불망不忘으로 각인되어 있는 작품의 테마가 있다. 생명의 발원지 모태母胎인 어머니이다. 우리 시인들은 누구나 어머니에 대한 시 한 편을 써보지 않은 사람은 없을 것이다. 생전에 받았던 사랑, 모정母情이나 사후에 어머니를 회상하는 사모곡思母曲의 아련한 정감적인 언어가 많은 감동을 주고 있기 때문이다.

김남조 시인은 그의 글「그 먼길의 길벗」중에서 "어머니! 이렇게 부르면 지체없이 격렬한 전류가 온다. 아픈 전기이다. 아프고 뜨겁고 견딜 수 없는 전기이다." 라는 말로 어머니에 대한 뜨거운 정감을 들려주고 있다.

대체로 어머니에 대한 이미지는 나의 생명을 탄생시킨 모태母胎로서의 위대한 존경과 효성을 발휘할 대상이며 사랑에 대한 보답으로 영원한 사모思慕의 존재로서 나의 영육靈肉이 동반하는 숭엄崇嚴한 위치에서 항상 효도의 대상이기도 한 것이기에 모든 시인들은 은혜의 보답을 잊지 못하는 것이다.

어미야 자꾸 키가 줄어든다
세월이 갉아 먹은 연골이 한 뼘은 삭아 들어
낫자루처럼 휘어진 등엔
지금도 살그랑 호미질 소리를 자장가로 듣던
아가의 베넷 웃음이 업혀져 있었다

뾰족한 새순이 단풍이 들기를 여러 차례
그 세월에 강산마저 변하였거늘
영원불변 화석처럼 변하지 않는
고향이며 향수이고 그리움인 나의 어머니

삶의 풍상을 받쳐 든 굽은 등은
어머니의 숨소리와 내 심장 소리가 교통하던 곳
그곳에서 울음을 멈췄고
그곳에서 잠을 잤으며
그곳에서 꿈을 꾸었다

—「어머니의 등」 전문

그는 모정을 진솔한 심경으로 상황을 설정하고 있다. 세월이 갉아먹은 어머니의 등 연골은 "지금도, 살그랑 호미질 소리를 자장가로 듣던 / 아가의 베넷 웃음이 업혀져 있었다" 는 그의 수사법이 우선 어머니와의 정적인 현장이 비교적 잘 부각되어 있다.

이러한 시적 상황은 "영원불변 화석처럼 변하지 않는 / 고향이며 향수이고, 그리움인 나의 어머니" 일 수 밖에 다른 표현으로는 미치지 못하는 공감을 확대하고 있어서 그의 결론은 "삶의 풍상을 받쳐 든 굽은 등은 / 어머니의 숨소리와 내 심장 소리가 교통하던 곳" 이라는 심연深淵의 진실을 토로하고 있는 것이다.

이처럼 그의 작품 「비단꽃」 중에서도 "조바위 색동 저고리 돌쟁이 옷 / 날마다 꽃을 피우던 어머니 // 어느 날 / 바늘을 쥐고 곤히 잠든 어머니를 보았다 / 바늘에 찔려 굳은살 박인 손을 보았다" 는 효심이 넘치는 정황(情況-situation)에서 그의 사모곡은 극치極致를 이룬다.

햇볕이 쨍쨍 뜨거운 날엔
바지랑대 높이 올리고
어머니는 하얀 이불 홑청을 널어놓으신다
아이들이 하얀 지붕 속을 헤집으며
숨바꼭질 놀이를 하는 해맑은 웃음소리가
파란 하늘을 가로지르며
허공에 햇살처럼 흩어진다

보송보송 마른 이불에서 나는
햇살이 익어가는 냄새를 맡으며
바스락거리는 이불 속에서
새근새근 잠들 장난꾸러기들의 벙글거리는 얼굴을
떠올리시는 어머니 얼굴엔 미소가 흐뭇하다
햇살이 안 겨다 주는 포근함에

세상 가득 행복이 번져간다

—「어머니 얼굴엔 미소」 전문

연선화 사인은 다시 이 세상에서 가장 행복한 순간은 어머니 얼굴에 가득 번지는 미소이다. 햇볕 쨍쨍한 날 바지랑대에 늘어놓은 하얀 이불 호청과 파란 하늘 가로질러 숨바꼭질하는 아이들의 해맑은 웃음소리에 어머니의 미소는 계속된다. 그리고 "보송보송 마른 이불에서 나는 / 햇살이 익어가는 냄새" 와 "바스락거리는 이불 속에서 / 새근새근 잠들 장난꾸러기들의 벙글거리는 얼굴" 이라는 표현의 절묘함뿐만 아니라, 이와 같은 이미지를 어머니의 얼굴과 미소에 투영했다는 시법詩法은 과히 상찬賞讚할만 작품이다.

그는 이제 현실적인 모정에서 어머니와의 별리別離가 작품으로 나타난다. "일 년의 농사를 갈무리하며 / 하늘과 땅 천지신명님께 추수의 감사함을 전하며 / 장독대 부뚜막 외양간 대문 밖 할 것 없이 / 집 안 구석구석 의식을 치르시던 어머니(「어머니와 시루떡」 중에서)" 가 어느 날 "간밤 바람 소리 요란하더니 / 후박나무 아래 무덤가엔 하얀 서리꽃이 피었고 / 어머니 머리 위엔 하얀 서릿발이 내려앉았다 / 가슴에 묻을 무심한 사람(「기약없는 이별」 중에서)" 으로 그의 시적인 전개는 이승과 저승을 왕래하는 현실과 이상이 교감하는 시적 변화를 이해하게 한다.

그리하여 그는 "저 왔어요, 어머니! / 불러도 대답 없네, 이제 가면 언제 오시려나 / 열아홉 새색시 꽃가마 길을 / 구순의 노모가 꽃상여를 타고 가네 (「저 왔어요 어머니」 중에서)" 는 애틋한 효성의 사모곡으로 변해버렸다. 이러한 어머니에 대한 이미지는 작품 「구름꽃이 피는 날」「어머니 밥상」「어머니 돈줄」「가을걷이」「오일장」등등에서 그가 회상하는 관념을 여과濾過해서 창출하는 모정과 사모곡의 진수眞髓를 이해하게 된다.

4. 자연 친화와 안온한 서정적 몰입

연선화 시인은 지금까지의 삶에서 추적追跡하거나 회상된 체험에서 획득한 이미지들에서 이제는 외적外的인 자연 세계로 시선을 넓히고 있다. 그는 잡다한 일상적인 생활 범주에서 벗어나 "숨죽인 물고기들 / 등을 반짝이며 / 수초 속에 아른거리고 // 물오리 떼 / 파문을 일으키는 날갯짓에 / 고요한 정적이 / 어둠을 가로지른다(「강물의 심장을 찌르다」 중에서)" 라는 등의 자연 서정에 몰입하는 시법을 읽을 수 있는데 그는 자연 사랑의 서정 시인 임에 틀림없다.

그는 만유萬有의 자연계에서 생성하는 복합적인 양상에서 다양한 이미지를 창출하고 있는데 여기에는 생물과 무생물의 구분 없이 지천으로 산재한 자연에 대하여 시각적으로 흡인한 사물에게 자신의 안온한 서정성이 화합하고 화해하면서 자연 친화와의 안정을 구현하고 있는 것이다.

그가 응시하는 대상 사물에는 산과 강 그리고 꽃들과 함께 구름과 달 등등 그가 착목着目하는 많은 사물에서 자신의 정서와 사유의 지향점이 동시에 발현하는 서정시의 원류를 형성하고 있어서 그는 완연한 서정 시인으로서 확고히 정립하고 있음을 이해하게 된다.

벚나무 아래
꽃눈이 내린다
강으로 뛰어드는 저 꽃잎들

봄은 맨발로 사뿐거리고
강에도 하얗게 꽃이 핀다

바람에 뒤척이던 강
햇살에 여물어
은갈치처럼 파닥이고

저 눈부신 물비늘을 밟고
봄이 온다

―「강둑을 거닐며」 전문

그는 먼저 강둑을 거닐면서 봄이라는 계절적인 자연 현상을 한 폭의 그림으로 펼쳐놓았다. 우리 시법에는 대상물에 대하여 독자들에게 보여주기(showing)로 그림 속에 내포內包한 시적인 의미(주제)를 암묵적暗黙的으로 표현하는 방법과 어떤 담론처럼 들려주기(telling)의 두 가지 방법으로 작품을 완성하는 경향을 중시하고 있는데 연선화 시인은 이 강둑을 거닐면서 시야에 클로즈업되는 형상들을 잘 현현하고 있어서 상황을 보여주면서 서정적인 시혼詩魂을 불러오고 있는 것이다.

그는 벚나무나 꽃눈, 강둑, 꽃잎, 햇살 그리고 물비늘 등의 풍경을 스케치로 작품을 완성하고 거기에 포괄하는 자연 서정의 잔잔한 풍경을 보여준다. 시중유화詩中有畵의 경지이다. 그는 강둑에서 봄의 이미지를 다채롭게 표현하고 있는데 작품 「봄 마중」 중에서도 "고운 임 오시려나 / 너울 바람에 꽃비 내려 / 향긋한 꽃내음 길섶에 앉고 / 사뭇 그리운 임의 얼굴 / 아지랑이 언덕 넘어 / 살며시 피어난다" 는 봄의 정경情景에서 친자연적인 어조로 계절의 이미지를 명민明敏하게 표출하고 있는 것이다.

그는 이처럼 봄에 대한 연민이 바로 자연 현장에서 생성하는 꽃들에서 읽을 수 있는데 작품 「며느리밥풀꽃」 「달개비꽃」 「봉숭아」 「유월의 장미」 「상사화」 「달 바라기」 등등에서 그가 심취하는 서정성에 우리들 모두 몰입하게 되는 것이다.

강물은 늘 산을 비춰주는 명경이 되어주었다
꽃이 피고 낙엽이 물들고 눈 덮인 억겁의 세월 유유히
흐르는 강물을 굽어보며 수만 년을 망부석처럼
부동하여 넋두리를 담아내는 산 그림자

물이 일어난다
연풍에 도포 자락 휘날리듯
유유자적 흐르는 강물 위를 내딛는 몽환의 발자취
물의 경계를 초록의 능선을 홀연히 넘나들며
하얗게 피어나는 운무
가장 낮은 곳에서 가장 높은 곳으로
하늘에 맞닿는 입맞춤

한 줄기 빛이 물가에 어린다
—「숲 물에 어리다」 전문

연선화 시인은 다시 강물과 산("숲")의 대칭으로

그려진 명경明鏡에 도취한다. 꽃과 낙엽이 억겁의 세월동안 흐르는 강물을 굽어보면서 무언無言으로 자리를 지키는 망부석, 그러나 그 망부석은 "넋두리를 담아내는 산 그림자" 로 그의 내면에서 균질화均質化하고 있는 것이다.

여기에서 그가 광폭廣幅으로 흡인吸引하는 것은 "유유자적 흐르는 강물 위를 내딛는 몽환의 발자취" 라고 할 수 있을 것이다. 이는 그가 외적 사물에서 몰입하는 관념의 순수성이 발현하여 결국 "물의 경계를 초록의 능선을 홀연히 넘나들며 / 하얗게 피어나는 운무" 라는 실제의 상황으로 바뀌면서 "가장 낮은 곳에서 가장 높은 곳으로 / 하늘에 맞닿는 입맞춤" 이라는 암유(暗喩-recitaion)로 작품을 완성하고 있어서 그의 시법에 상당한 설득력으로 다가가게 하고 있다.

그는 작품「물」전문에서도 "물은/ 흐르는 대로 / 담기는 대로 / 높은 곳에서 낮은 곳으로 / 순리의 길로 흘러가는 겸손의 미학 / 물 같은 사람이 되고 싶다" 라는 그의 신념인 "겸손의 미학" , 어쩌면 노자의 상선약수上善若水와 비견比肩 되는 철학적인 어조도 간과할 수 없을 것이다.

이처럼 그가 자연과 교감하는 작품들은 「순천만 갈대숲」「잡초」「춘설」「수종사」「풍경소리」「보름」등에서 적나라하게 접근하면서 그의 서정적 시 정신을 발흥發興하고 있음을 이해할 수 있을 것이다. 대체로 살펴본 연선화의 시 세계는 표제시「머물 듯 머물지 않는 시간」에서 이미 눈치챌 수 있듯이 시간에 대한 집념이 그의 사유에서 상당한 부분을 할애하고 있어서 시간적인 체험에서 생성한 보편적인 관념의 형태인 그리움과 외로움 등에서 다시 삶의 가치와 인생 문제에 골몰하다가 이제는 어머니에 대한 영원한 불망의 모정과 사모곡에 심취하고 결국에는 인간 본연의 심리적인 현상인 친자연적인 교감을 통해서 섭리와 순리에 동화同化하는 서정적 자아自我의 탐색으로 귀결하는 순수하고 순정적인 시법으로 환원하는 시의 본령本領과 위의威儀에서 삶의 해법을 적시하고 있는 것이다.

일찍이 로마의 대시인 호라티우스는 시는 아름답기만 해서는 모자란다고 했다. 사람들의 마음을 뒤흔들 필요가 있고 읽는 독자들이 영혼을 맘대로 이끌어나가야 한다는 명언을 남긴 적이 있다. 어디까지나 인본주의(humanism)의 초석礎石 아래 언어의 조화에 더욱 지적인 감성으로 시 세계의 범주範疇를 꾸준히 넓혀나가기를 기대한다. 시집 출간을 축하한다.

연선화 제1시집

머물 듯 머물지 않는 시간

인쇄 2023년 08월 05일
발행 2028년 08월 20일

지은이 연선화
발행인 김기진
편집인 김기진
펴낸곳 문예출판
등록번호 제 2022-000093호

경기도 부천시 신흥로 40번길 44 해뜨는집 205호
Mobile: : 010-4870-9870
전자우편 : 1947kjk@naver.com
ISBN 979-11-88725-39-7
값 10,000원